CHARLES MONSELET

LES AVEUX

D'UN PAMPHLÉTAIRE

PARIS

VICTOR LECOU, ÉDITEUR

LIBRAIRE DE LA SOCIÉTÉ DES GENS DE LETTRES

10, rue du Bouloi, 10

—

1854

LES AVEUX

D'UN PAMPHLÉTAIRE

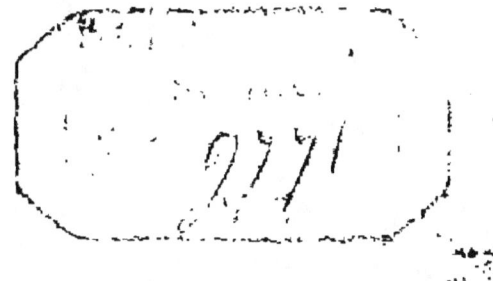

CHARLES MONSELET

LES AVEUX

D'UN PAMPHLÉTAIRE

PARIS

VICTOR LECOU, ÉDITEUR

LIBRAIRE DE LA SOCIÉTÉ DES GENS DE LETTRES

10, rue du Bouloi, 10.

1854

1853

LES AVEUX

D'UN PAMPHLÉTAIRE

I.

Une lettre du tombeau.

Puisque vous voulez bien quelquefois, monsieur, vous occuper de ceux dont personne ne s'occupe plus, par exemple de certains auteurs du dernier siècle qui ont eu le sort des vieilles lunes, — qui ont brillé, qui se sont éteints et qui ont été oubliés comme les vieilles lunes ; — puisque de temps à autre votre caprice est de faire revivre, pour une heure, les enfants prodigues et perdus de la littérature, ceux qui ont été couronnés de roses et qui se sont nourris de glands, mais pour qui la postérité n'a point tué de veau gras ; pourquoi ne parleriez-vous pas un peu de moi, qui ai été un des plus originaux et des plus amusants, de moi, chevalier de

La Morlière, mousquetaire de Sa Majesté et auteur d'*Angola* ?

Je n'ai pas été célèbre, si vous voulez, mais j'ai été fameux, — fameux autant que qui que ce soit à Paris, autant que Métra le nouvelliste, ou Volange le bouffon. C'est de moi que Rameau neveu a dit : « Ce chevalier de La Morlière, qui retape son chapeau sur son oreille, qui porte la tête au vent, qui vous regarde le passant par-dessus son épaule, qui fait battre une longue épée sur sa cuisse et qui semble adresser un défi à tout venant... » Le neveu de Rameau a ajouté d'autres choses encore, mais ce sont des impertinences que j'ai oubliées et contre lesquelles je vous engage à vous tenir en garde.

Hélas ! monsieur, je sais que ma mémoire a dû vous arriver passablement chargée par mes contemporains. J'ai été trop de mon temps ; voilà ma plus grande faute. Dans le fond, je valais autant qu'un autre ; mais, vous savez, on a parfois besoin de personnifier dans un seul homme tous les défauts et tous les vices d'une époque. J'ai été cet homme ; on m'a pris comme on aurait pris le premier venu ; depuis lors, j'ai été, pour tout le monde et même pour

le neveu de Rameau (ô comble du comique!) :
cet effronté de chevalier de La Morlière, ce li-
bertin de chevalier de La Morlière, cet impudent,
ce réprouvé, — et le reste. Oui, monsieur, le reste !

Cependant, je ne veux pas me faire meilleur que
je ne l'ai été ; et, bien que le vent soit aujourd'hui
aux réhabilitations, croyez que je ne tiens pas à
être réhabilité. Je me donne pour ce que je suis,
c'est-à-dire pour un homme d'aventures, pour un
chevalier de fortune ; je vous abandonne mes mœurs
peut-être trop indépendantes ; mais ce que je dé-
fends avant tout, c'est ma littérature, ce sont mes
livres, — ou plutôt, c'est mon livre.

Laissez-moi, pendant quelques instants, remonter
le courant de mes années orageuses. Une dernière
fois je veux rentrer dans cette époque où j'ai si longtemps et si diversement tenu ma place. Soyez tranquille, mes mémoires seront moins longs que ceux
de mes créanciers, car j'ai l'haleine courte, bien que
j'aie beaucoup produit ; et je ne compose qu'à petits
coups. Vous m'excuserez si quelquefois les opinions
philosophiques et le cynisme du temps où j'ai vécu
viennent à percer dans mon récit ; — les hommes,

pas plus que les choses, ne peuvent mentir à leur date. — Pourtant, si à de certains endroits de mon histoi.e restés jusqu'alors inconnus, si à de certains ressouvenirs du cœur, la note frivole du dix-huitième siècle se brise sous mes doigts tremblants et que vous ne reconnaissiez plus le chevalier de La Morlière, songez que cette lettre est écrite du tombeau ; cela vous aidera à comprendre bien des dissonnances.

II.

Ma jeunesse.

Je suis né avec le dix-huitième siècle, et je suis mort presque en même temps que lui. C'est une période de plus de quatre-vingts ans que j'ai parcourue.

Les Rochette de La Morlière de qui je suis issu habitaient Grenoble; je ne m'appesantirai pas sur leur noblesse que l'on a cherché à rendre incertaine. Plusieurs ont prétendu que La Morlière était le nom d'une terre, et que je ne devais mon titre de chevalier qu'à la décoration de l'ordre du Christ, décoration qui me fut gracieusement octroyée par Sa Majesté Portugaise. Quoi qu'il en soit de ces assertions et de leur plus ou moins de fondement, il n'eût pas été sans danger de les soulever devant moi, car mon épée est souvent sortie du fourreau pour des motifs moins sérieux.

Mon épée, entendez-vous? monsieur; non pas l'épée d'un simple gentilhomme, mais l'épée d'un

soldat. A peine émancipé, on fit de moi un mousquetaire; et pour l'instant, c'était ce que l'on pouvait faire de mieux, tant j'avais un caractère intrai-
table. Il n'était bruit chaque jour dans Grenoble
que de mes querelles, tantôt avec la garnison, tantôt
avec les bourgeois. Enfin, après avoir été pendant
quelque temps la terreur des cafés, je trouvai que
ma ville natale n'était pas un théâtre assez large
pour mes prouesses, et je vins à Paris, la ville par
excellence, celle que j'avais toujours rêvée, le seul
endroit du monde où tout se peut, où tout arrive et
où rien n'étonne.

Une fois que je connus Paris, je jurai de n'en jamais sortir; et de fait, je ne l'ai quitté que pour
entreprendre de petits voyages aux alentours, sans
dépasser la Normandie.

J'eus vingt ans sous la Régence. Notez ces deux
dates-là; elles expliquent bien des choses de ma vie,
elles en excusent quelques-unes peut-être. On n'avait
pas impunément vingt ans sous le règne des Para-
bère et des Phalaris; — et s'il a été donné à Voltaire
de traverser d'un pied léger ce temps de délires
sans y égratigner son cœur, c'est que Voltaire por-...

tait la meilleure des cuirasses : l'ambition. Moi, je n'ai été ambitieux que sur le tard. Auparavant, j'ai voulu être amoureux.

Je fus amoureux de tout le monde, comme un vrai amoureux de vingt ans ; je connus les passions et la passion. Mais ce que je ne connus jamais que très-imparfaitement, c'est l'argent. J'étais un cadet de famille, et je n'avais autre chose à dépenser que mes vingt-quatre heures par jour : aussi, étais-je vêtu un peu à la légère. En revanche, je possédais largement le luxe de la bonne mine et de la santé, et ce luxe-là je l'affichais en superbe. Les femmes de la cour me recherchaient ; moi, je recherchais les bourgeoises : un ermite passerait sa journée à égrainer le chapelet de mes bonnes fortunes sous la Régence.

Par conséquent, il ne faut pas me demander comment, d'alcôve en alcôve, j'arrivai à cette dépravation qui était alors générale. Je recevais l'exemple de haut, et j'acceptais comme un vernis ce qui était une gangrène. Ma première jeunesse, et ma seconde aussi, s'écoulèrent en mille épisodes, que l'indulgence du temps qualifia d'espiègleries, mais qui n'en

sont pas moins de bons et gros scandales. Il vous en
est revenu plusieurs aux oreilles, sans doute, et
parmi ceux-là, certaine anecdote avec la femme d'un
marchand de la place Maubert, petite brune à qui
j'avais tourné la tête, et qui se sauva un jour du
domicile conjugal én emportant argenterie et bijoux.

Le mari jeta feu et flammes, il parla de procé-
dure; mais, en ce temps-là, qu'est-ce qu'eût pesé un
mari dans la balance de la justice? Le brave homme
finit par entendre raison, — et, un soir, il se pendit
mélancoliquement dans sa cave.

On a dû vous parler aussi de la fille d'un conseiller au parlement; cette charmante et très-spiri-
tuelle personne voulait à toute force m'épouser;
moi, je ne voyais rien à redire à cette intention,
qui me paraissait louable en tout point. Le conseiller seul se désolait à l'idée de m'avoir pour gendre;
c'était une de ces épaisses marionnettes de robe,
incapable de rien comprendre à la moindre fre-
daine, un personnage ridicule, couvert des pieds à
la tête de la rouille des vieux préjugés. Je ne sais où
ce mal appris avait été quérir ses renseignements
sur mon compte; mais il n'était sorte d'imperti-...

nences qu'il ne me fît ; — il m'en fit tant que, malgré l'état avancé des choses et les tendres sentiments que m'inspirait son adorable fille, il me dégoûta d'une alliance où je n'entrevoyais déjà que déboires et humiliations. Néanmoins, j'étais encore retenu par les liens de la délicatesse et de la convenance ; le diabolique conseiller au parlement essaya de les briser : il m'offrit dix mille écus si je consentais à me désister. Vous devez supposer avec quelle indignation j'accueillis cette ouverture. Mais il m'en offrit vingt mille, et, ma foi...

Que voulez-vous? on était toujours sous la Régence.

On m'a reproché mes créanciers. La plaisanterie est bonne, n'est-ce pas, monsieur? et il eût fait beau voir qu'un homme de ma sorte ne dût rien à personne. Les créanciers! mais c'est le nerf de la réputation. Je lis à ce propos dans une gazette qui me prend à partie, un trait que je n'ai aucun motif de désavouer : « Cet homme, — c'est de moi qu'il est question, — est un excellent comédien; il prend tous les masques, tous les accents qu'il lui plaît. Après avoir passé quelque temps à Rouen, il était

2

venu à Paris, puis il était retourné à Rouen. Parmi
les créanciers qu'il avait dans cette ville, se trou-
vait un tailleur. Celui-ci le rencontre, l'aborde, lui
demande sa dette. Le chevalier de La Morlière le
regarde d'un air imposant, exprime une feinte indignation et baragouine des paroles allemandes. Cet
air, cette colère, ce jargon étranger, intimident le
pauvre tailleur : il croit qu'il s'est trompé, se con-
fond en excuses, fait une humble révérence, et
s'en va. »

Eh bien ?

Que fais-je de plus que Don Juan, que Mon-
cade, que tous les hommes d'esprit sans argent ?
En vérité, la pudeur du XVIIIe siècle me fait rire!

Mais il est entendu que je suis le bouc émis-
saire de cette époque. Je dois en prendre mon
parti.

Dans la foule de mes créanciers, il en est pourtant, — j'en pourrai citer jusqu'à trois, — qui n'ont
eu qu'à se louer de la grandeur de mes procédés.
Au nombre de ceux-là, rangeons un marchand
de la rue des Bourdonnais, envers qui je m'acquit-
tai d'une façon tout à fait ingénieuse. Comme le

trait est peu connu, je vous le raconterai; mais ce sera le dernier de ce genre.

J'aimais, ou plutôt j'étais aimé de la maréchale de ***, qui passait avec raison pour une femme aussi avare que galante. En effet, elle n'avait d'yeux que pour son cher chevalier de La Morlière, mais elle le laissait volontiers aussi délabré qu'un musicien; sa passion dédaignait de descendre à de misérables détails d'existence, et elle ne regardait qu'à la figure, point du tout au costume. Néanmoins, je souffrais pour elle-même de l'infériorité de ma situation actuelle, et ma vanité révoltée s'avisa d'un stratagème.

Je me rendis chez mon créancier de la rue des Bourdonnais.

— Mon cher ami, lui dis-je, je vous dois une misère, une bagatelle, n'est-ce pas?

— Oui, me répondit-il en soupirant; quatre mille livres.

— Depuis combien de temps?

— Depuis neuf ans.

— Eh bien! repris-je, je viens m'acquitter envers vous.

Le marchand jeta un coup d'œil de côté sur mon habit, lequel commençait à montrer la corde, haussa les épaules et fit mine de retourner à son aune.

Je le retins par le bras.

— Attendez, lui dis-je, et suivez mon plan. C'est de quatre mille livres que je suis votre débiteur ; c'est de trente mille livres que je vais vous signer une obligation.

— Autre folie ! murmura mon homme.

— Mais à la condition que vous me poursuivrez immédiatement et sans pitié, que vous obtiendrez sentence contre moi et que vous me ferez enfermer dans le plus bref délai. Voulez-vous ?

— C'est une raillerie, monsieur le chevalier.

— C'est un marché, monsieur le marchand.

Il me regarda cette fois bien en face, et me trouvant apparemment l'air qui convient à un individu qui traite d'affaires sérieuses, il consentit à écouter mes propositions.

En conséquence, et selon mes désirs, un beau matin, je me vis enlever des bras de la maréchale et conduit impitoyablement en prison, à la requête du

sieur B***, marchand de soieries, — mon créancier,
pour la somme de trente mille livres.

La maréchale s'arracha les bras et versa les plus
belles larmes du monde ; mais les trente mille livres
lui firent faire la grimace, et pour cette nuit je dus
aller coucher sous les verrous. Je m'y étais attendu,
mais je m'étais attendu également au retour. Vingt-
quatre heures ne s'étaient pas écoulées, que la maréchale, sortie victorieuse du combat livré à l'amour
par l'intérêt, venait, bourse en main, me rendre la
liberté.

Mon créancier de la rue des Bourdonnais fut payé
de ses quatre mille livres. Quant aux vingt-six mille
autres... Mais changeons de conversation, s'il vous
plaît.

III.

Je me fais chef de cabale.

Je m'étais logé aux environs de la Comédie-Française; ce voisinage me donna le goût du théâtre, et je
devins en peu de temps un des habitués du parterre.

J'y apportai, comme partout, mon esprit de que-
relle et d'opposition. Entre tous les juges qui déci-
daient du sort des pièces et du destin des acteurs, je
me fis remarquer par mon despotisme. On commença
par me craindre, on finit par me rechercher : les co-
médiennes tentèrent de m'attirer dans leurs lacs,
les comédiens m'envoyèrent des présents ; j'eus mes
sympathies et mes antipathies ; — et, comme j'avais
le verbe haut, l'œil impératif, le geste facile, et toujours cette grande diablesse d'épée dont se choquait
tant Rameau le neveu, il m'arrivait très-souvent de
rallier à mon opinion, quelle qu'elle fût, la masse
entière du public. Je compris quel parti je pouvais
tirer de cette influence, et je ne m'occupai plus qu'à
l'augmenter.

Monsieur, j'ai régné pendant plus de cinquante ans sur la Comédie-Française et sur le Théâtre-Italien.

Vous ne savez plus guère aujourd'hui ce que c'est qu'un chef de cabale. Chez vous, la cabale s'improvise de la veille au lendemain, avec autant de légèreté qu'un repas : vous prenez une poignée d'hommes, les premiers venus, vous leur faites jurer sur un écu de cinq francs d'applaudir Hermione et de conspuer Andromaque; puis, vous vous en allez, en vous frottant les mains. Au jour dit, vous êtes tout étonné de voir manquer votre cabale; la moitié de vos hommes sont attentifs au spectacle et y goûtent beaucoup de plaisir; les autres prennent vos instructions au rebours et n'aboutissent qu'à un tapage honteux, aussitôt écrasé par l'unanimité des spectateurs. Cela vous dégoûte, et vous ne recommencez plus. Vous faites bien.

Il ne vous reste qu'une seule cabale : la cabale des journaux.

Mais, de mon temps, son importance n'était que secondaire, et l'on redoutait bien davantage la cabale agissante.

Ma position équivalait assez à ce qu'on appelle en Italie un chef de *condottieri*, ou plus vulgairement en France un sergent recruteur. Je recrutais partout, et principalement dans les cafés où je savais que les auteurs faméliques venaient tous les soirs se procurer, non pas la nourriture du corps, mais la nourriture de l'esprit, c'est-à-dire la discussion littéraire, la fréquentation intelligente, toutes choses indispensables à leur existence. Je n'avais pas de peine à persuader à ces pauvres diables de prendre parti pour Mlle Dangeville ou contre Lekain, surtout lorsque j'accompagnais mon discours de l'offre d'une collation. Une fois embauchés, ils faisaient merveille, car nul ne se passionne plus qu'un auteur pauvre.

J'eus de très-belles victoires comme chef de cabale; je gagnai des parties souvent désespérées; enfin, je devins peu à peu une puissance avec laquelle il fallut compter.

Ce n'était pas assez encore. Je sentais bouillonner en moi ce sang d'aventurier qui fait que l'on use plusieurs carrières. Excité par le milieu où je vivais, je saisis la plume et briguai à mon tour une place au bas du mont sacré. Je n'avais pas tout à

fait, comme le Francaleu de la *Métromanie,* cinquante ans quand cela m'arriva, mais j'en comptais
bien quarante-cinq. On ne s'en serait pas douté à la
vivacité de mes manières, au feu de ma physionomie ; les hommes comme moi n'ont pas d'âge, tant
qu'ils n'ont pas quatre-vingts ans.

Mes premiers ouvrages furent quelques romans,
que je vous abandonne. Ils n'eurent pas de succès,
et ils ne méritaient pas d'en avoir. C'étaient des
histoires anglaises, flamandes, espagnoles, du rabâ-
chage enfin ; j'avais été chercher bien loin la vérité,
qui était près de moi : — je ne suis pas le seul à qui
cela arrive. — J'avais été décrire des pays qui m'é-
taient inconnus, des mœurs que j'ignorais, tandis
que là, autour de moi, il y avait un pays que je
connaissais mieux que personne, des mœurs dont
j'étais le représentant accompli, une langue qui
m'était d'autant plus familière que je concourais
chaque jour à son extension. J'avais inventé, au lieu
de me souvenir, ce qui eût été beaucoup plus simple
et bien plus amusant.

Je ne fus pas longtemps à comprendre cela ; et,
lorsque je l'eus compris, j'écrivis *Angola.*

IV.

Scène de ruelle.

Un carrosse brillant s'arrête devant la porte de la comtesse de S*** ; un jeune homme mis magnifiquement en sort, et se fait annoncer *en composant ses grâces.*

— Quoi ! il est jour ici ! s'écrie-t-il en entrant dans l'appartement de la comtesse ; mais est-ce que je me serais trompé ? N'avez-vous donc point passé la nuit à ce *souper divin* dont j'étais prié, et que je suis furieux d'avoir manqué ?

— Eh bien ! dit la comtesse en minaudant, qu'est-ce que cela prouve ? Où avez-vous pris, s'il vous plaît, qu'on ne puisse pas être levé à trois heures après-midi ?

—Je suis fait pour me soumettre à tous vos sentiments, reprit le marquis d'un ton sérieux ; et effectivement vos grâces sont à l'épreuve des veilles et des soupers les plus longs. Vous avez la fraîcheur de *la dévote la plus reposée.*

— Mais non, n'allez pas croire cela ; je ne suis point du tout bien depuis quelques jours : j'ai *un fond d'abattement* qui me fait peur.

— Quelle idée ! reprit le marquis ; en vérité vous êtes *au mieux*, et vous m'inspirez une tendresse...

— Ce que vous dites là, interrompit la comtesse, est d'une *noirceur abominable*. Je sais que la petite présidente de *** vous a subjugué : vous êtes partout avec elle, et vous l'avez menée au ballet de Versailles. Rien n'est plus *affiché* que ces sortes de choses, et je suis désespérée que vous me croyiez faite pour vous servir de prétexte.

— Pour cela, voilà des griefs si étranges que j'en suis *anéanti*. Se peut-il que vous donniez dans des pièges aussi grossiers ! Il est vrai que j'ai paru *avoir pris* la petite présidente, mais c'était pour faire ma cour à son mari, qui est un de mes juges, et à qui on ne peut rendre un service plus *essentiel* que de le débarrasser de sa femme.

— Oh ! vous parlez un langage si *entortillé* que je ne vous crois point de tout.

— Parbleu ! dit le marquis, vous avez là une garniture de cheminée superbe : ces cabinets de la Chine sont charmants ; est-ce *de la rue du Roule ?* Pour moi, je suis fou de cet homme-là ; tout ce qu'il vend est d'une cherté et d'un rare...

— Mais oui, cela est assez bien choisi.

— Comment ! il y a un goût miraculeux dans tout cela ; voilà des magots de la tournure *la plus frappante,* entre autres celui-ci : il ressemble *comme deux gouttes d'eau* à votre benêt de mari.

— Ah ! paix, dit la comtesse ; j'ai une affaire entamée avec lui, qui fait que je le vois depuis quelques jours. J'ai *boudé,* j'ai eu des *vapeurs ;* enfin, je crois que cela me vaudra un attelage de six chevaux *soupe au lait,* dont je suis folle à en perdre le boire et le manger.

— A propos de chevaux, reprit le marquis, vous rouvrez une plaie encore saignante : il m'en est mort un des miens, *qui était bien la meilleure bête...* Je l'avais gagné *au cavagnol.*

— Quelle folie ! dit-elle ; depuis quand joue-t-on des chevaux *au cavagnol ?*

— Mais cela n'est point neuf ; *d'où venez-vous donc* pour ignorer qu'à la cour, quand l'argent manque, nous jouons tout, terres, équipages, che-

vaux, nos femmes même, quand on veut bien se
contenter de semblable monnaie ?

— Cela est d'autant plus plaisant, dit la comtesse, que dans ce cas-là, vous jouez souvent ce qui
n'est déjà plus à vous.

— Oh! nous sommes là-dessus d'une philosophie
dont rien n'approche. Mais que vois-je? une brochure nouvelle. Je n'ai pas l'avantage de la connaître.

— On me l'a apportée ce matin, et je ne sais trop
si je dois la lire.

— Il est bien décidé, dit le marquis, que c'est
une misère, comme toutes les autres qui ont paru.
Je n'en sais pas un mot, et je vais gager de vous
dire ce que c'est d'un bout à l'autre. Apparemment
qu'il est question de quelque fée qui protége un
prince pour lui aider à faire des sottises, et de quelque génie qui le contrarie pour lui en faire faire
un peu davantage ; ensuite des événements extrava-
gants, où tout le monde *aura la fureur* de trouver
l'allégorie du siècle.

— En vérité, reprit la comtesse, il n'est pas con-
cevable combien ce que vous venez de dire est ad-

mirablement défini ; j'en suis si pénétrée que je vais jeter la brochure au feu.

— Non pas cela ; en convenant avec vous du frivole de ces sortes d'ouvrages, je vous avouerai que je les lis avec plaisir. Je m'attache à la façon de conter, et je trouve ces bagatelles moins funestes que les *redoutables in-folio.*

— Eh bien ! dit la comtesse, voyons si nous soutiendrons la lecture de celle-ci jusqu'à la fin.

— Ma foi, madame, je n'ai point une poitrine à l'abri de cela, et à moins que vous n'ayez *toute la guimauve de l'univers* à mon service, je ne crois pas franchement...

— Ah ! marquis, vous vous êtes engagé, et je vous avoue que vous *m'indisposeriez cruellement* si vous ne lisiez pas.

— Allons, madame, dussé-je être réduit à *l'état le plus déplorable*, je vais remplir ma destinée ; mais faites défendre votre porte, je vous prie, je ne sais point accoutumé à *parler en public ;* et, d'ailleurs, vous concevez bien que s'il y a des choses dans ce livre sur lesquelles il soit nécessaire que nous dissertions, il n'est point à propos que ceci soit ouvert comme *une conférence*.

— Effectivement, répondit la comtesse. Qu'on dise que je n'y suis pas ; et si mon mari se présente, qu'on l'assure *très-positivement* que je suis *malade à périr*, que je n'ai pas *fermé l'œil*. Allons marquis, vous pouvez commencer.

Et le marquis commença.

Vous aurez sans doute compris, monsieur, que ce dialogue surpris par moi derrière un paravent, et écrit pour ainsi dire sous la dictée des deux personnages, devint entre mes mains un document précieux. C'était la vérité sur le fait et l'échantillon le plus complet des dernières façons de parler. Je ne laissai pas échapper une pareille bonne fortune. Par bienséance, je supprimai les noms des interlocuteurs ; je substituai le titre de ma brochure à celle dont il est question ; puis, sans presque rien changer au reste, je fis ma préface de ce petit morceau d'éloquence moderne.

V.

Avez-vous lu Baruch ?

Avez-vous lu *Angola* ? C'est un chef-d'œuvre, et c'est mon chef-d'œuvre ; à présent que je suis mort, ma vanité n'offusquera personne. *Angola*, c'est presque aussi beau que les *Précieuses ridicules*.

Ce n'est qu'un roman, cependant, et des plus minces : deux parties, avec frontispice et vignettes ; — mais dans ce roman est contenu le XVIIIe siècle tout entier, mieux que dans beaucoup d'autres livres portés plus haut par les noms de leurs auteurs. Les amourettes mignardes, les propos satiriques, les parties sur le gazon, l'Opéra, un coin de la cour, tout se retrouve, tout est rendu avec un soin particulier dans cet ouvrage, qui rend inutiles les peintures de Lancret et de Baudouin. On ne trouve pas autre part, observée avec plus de certitude, rappelée avec plus de coloris, la description d'un boudoir, d'un carrosse, d'un pavillon, d'une petite maison

ou d'un jardin à la mode. Mes héroïnes sont ajus-
tées, fardées, chaussées comme par la meilleure fai-
seuse ; et, pour vous en convaincre, je veux vous ne
montrer une :

« Luzéide était coiffée en cheveux, avec des fleurs
et des diamants placés artistement dans sa frisure,
un *soupçon de bonnet*, et le chignon relevé comme
on le portait alors. Sa robe était d'une étoffe au
dernier goût, blanc, *gris de lin et or*, avec des des-
sins en pagodes et en figures chinoises, la polonaise
et les parements assortis en chenilles et en *souci
d'hanneton ;* un corset garni de pierreries, et des
manchettes à trois rangs du point d'Angleterre *le
plus exquis.* »

Mes petits-maîtres valent mes petites-maîtresses :
ils sont vivants, ils tournent, ils se dandinent, ils
secouent la poudre de leurs cheveux, ils regardent
l'heure à leurs deux montres, ils jouent avec leurs
bagues, leurs lorgnettes et leurs tabatières. Le matin, en *chenille*, c'est-à-dire en redingote ; le soir,
en veste falbalatée, hissés sur des talons rouges ou
promenés dans une *dolente* ornée de glaces, on les
voit tantôt au Palais-Royal, les mardis et les ven-

4

dredis, tantôt aux boulevarts, dans les spectacles,
où ils voltigent de loges en loges, font les singes à
travers les trous de la toile, tracassent les actrices à
leur toilette et traitent les auteurs d'*insectes du
Parnasse*. Au bal, ils s'habillent en *chauve-souris*,
dansent le *carillon de Dunkerque* et exécutent le
pas de Marcel avec une admirable précision. Ah !
les beaux petits pantins que voilà !

Ainsi devraient faire, selon moi, tous les écrivains
à qui le ciel n'a pas départi les grands dons de la
passion et de la philosophie : penchés sur leur
temps et sur leur société, ils en reproduiraient, même
dans leurs détails les plus puérils, les usages, les
habitudes quotidiennes, les costumes, les locutions,
— tout ce que le génie ne peut s'arrêter à indiquer,
et tout ce qui complète l'œuvre du génie; tout ce
que le présent dédaigne et tout ce que l'avenir re-
cherche. De la sorte, les écrivains inférieurs auraient leur utilité, et les romanciers de second ordre
pourraient se grouper autour des historiens; leurs volumes, n'étant plus frappés dès leur naissance par l'é-
pizootie particulière aux romans, survivraient à leur
vogue et prendraient place parmi les livres consultés.

A ce point de vue, *Angola* est mieux qu'une pro-
duction éphémère ; c'est un répertoire où vos fai-
seurs de pastiches ont puisé plus d'une fois. Le
langage des ruelles y est noté comme de la musique ;
c'est là qu'on entend Damis complimenter Zulmé
sur sa figure *qui est à ravir*, tandis que la piquante
Célianne, très-lutinée, s'écrie, *sur un ton d'enjoue-
ment :* — Mais savez-vous bien, l'abbé, que vous
êtes d'une folie *qui ne ressemble à rien !* Les ex-
pressions du temps sont toutes en caractère *italique*,
ce qui donne au livre une physionomie singulière et
le fait ressembler d'abord à un dictionnaire néolo-
gique ; mais bientôt l'action, en se déroulant, ôte
aux yeux leur distraction exclusive et entraîne l'esprit dans une suite de scènes originales, dont il ne
m'est pas possible de vous dire tout le bien que je
pense.

Vous parlez quelquefois, monsieur, de style pail-
leté, de jargon à l'ambre ; vous invoquez vos feuille-
tonistes en maillot écaillé d'or et d'argent ; vous
vantez le bel air de leurs périodes, l'impertinence
aisée de leurs récits. Je ne veux pas y aller voir, et
je vous crois sur parole ; — mais relisez *Angola*, et

dites franchement s'il en est un, parmi vos auteurs brillants et bruyants, qui ait dépassé certaines de mes pages, toutes surchargées de satin, de fard, de lumière, de baisers et de joyaux ; s'il en est un qui possède mieux que moi le secret du style praliné ; qui enjolive une métaphore de rubans plus frais ; qui sache plus longtemps faire tenir en équilibre sur une équivoque audacieuse un dialogue pétillant de tous les feux de la galanterie ! Allez, non-seulement vous n'avez rien inventé, mais vous n'avez rien perfectionné. Mon roman restera le désespoir éternel des tourneurs de périodes et des lapidaires d'adjectifs, la suprême expression du genre *joli*.

Faut-il vous entretenir après cela du succès obtenu par *Angola* dans tous les coins de la terre, c'est-à-dire partout où il y avait un boudoir, une chaise longue et les rideaux tirés ? Il fut considérable, il fut extrême, il me força à demander grâce et à me claquemurer dans un réduit inconnu, pour me soustraire tant aux sollicitations des libraires qu'aux curiosités des gens de cour. Comme *Angola* avait paru sans nom d'auteur, on me fit l'honneur, pendant les premières semaines qui suivirent sa publi-

cation, de l'attribuer tour-à-tour au duc de la Tré-
mouille, à Voltaire, à Crébillon fils, à tout le monde.
Trois, quatre éditions furent enlevées en quelques
mois ; Londres et la Hollande ne restèrent point en
arrière et multiplièrent les contrefaçons.

De tous les hommes de lettres avec qui l'on a
essayé de me mettre en parallèle, Crébillon fils est
le dernier à qui l'on eût dû songer. Je n'ai rien, en
effet, des qualités ni des défauts de celui qu'on a
surnommé le *Philosophe des femmes* ; si je m'avoue
inférieur à lui en ce qui touche l'analyse subtile des
sentiments, je me considère comme son maître en
fait de gaîté, de mouvement et de couleur. Crébillon
ne décrit pas, il indique tout au plus ; il dit : ceci
est un *sopha*, ou ceci est une *écumoire*, — jamais
plus long. Ses ducs et ses chevaliers ne se recon-
naissent qu'au langage ; mais quelles dissertations à
perte de vue ! que de raisonnements tracassiers et
inutiles sur la nuance indécise d'un imperceptible
caprice d'amour ! Célie s'exprime comme la Béré-
nice de Racine, et il y a des moments ou l'alcôve du
Hasard du coin du feu s'efface tout à fait et où l'on
croit voir, à la place, le solennel palais de la tragédie

française. Moi, je touche davantage à la terre, c'est-à-dire au tapis de la chambre à coucher ; je suis plus amusant aussi, je ris de tout mon cœur là où Crébillon fils ne fait que sourire, je vais droit au but, et j'ai déjà pris vingt baisers sur le cou de Cydalise pendant qu'il en est encore à parlementer à travers le trou de la serrure.

Angola, plus que *Tanzaï et Néardané,* plus que les *Egarements du cœur et de l'esprit,* plus, enfin, que l'œuvre entière du plus jolyot des deux Crébillon, résume le dix-huitième siècle et le fait toucher du doigt. C'est un tableau de Paris aussi fidèle que celui de Mercier. La comédie que j'ai poursuivie pendant toute mon existence, avec tant de courage et de rage, je ne l'ai atteinte que dans *Angola.* Tout à l'heure, j'ai dit que c'était presque aussi beau que les *Précieuses.* Je le soutiens avec fierté.

Entre Molière et La Morlière, il n'y a que quelques lettres de différence.

VI.

Mes œuvres dramatiques.

La comédie dans le roman est-elle donc plus aisée que la comédie au théâtre? Je dois le croire, puisque j'ai si peu réussi dans mes tentatives dramatiques. Sur deux pièces, *la Créole* et *l'Amant déguisé*, que je parvins à imposer au Théâtre-Français, la première ne fut jouée qu'une seule fois; encore n'arriva-t-elle pas au dénoûment, à cause d'un incident assez saugrenu, que les *ana* auront sans doute porté à votre connaissance. Un valet raconte à son maître les détails d'une fête et lui demande : — Qu'en pensez-vous? — Je pense que tout cela ne vaut pas le diable! répond l'autre. Le public prit la phrase au bond et la renvoya aux comédiens; *la Créole* ne s'en releva pas.

Le Théâtre-Italien, où je tentai d'aborder, ne me fut guère plus favorable. Il était écrit que, m'étant

servi de la cabale, je devais périr par la cabale. *Le Gouverneur*, comédie en trois actes, dans
laquelle je tournais de nouveau en ridicule les petits maîtres et leurs façons de dire, *le Gouverneur*
tomba lourdement, malgré un mérite réel de dialogue. Les procédés qui m'avaient si bien servi dans
Angola ne furent d'aucun effet à la scène.

Certains hommes ne réussissent qu'une fois. Je vis
que j'étais de ceux-là.

Après tout, les calculs de mes ennemis étaient
absurdes : un succès de théâtre m'eût rendu l'homme le plus doux et le plus bienveillant du monde ;
la reconnaissance m'eût enchaîné aux comédiens, et
la prudence m'eût fait ménager les auteurs, mes
collègues ; — tandis que mes chutes m'exaspérèrent
et détruisirent en moi jusqu'aux derniers principes
de la plus simple justice. Je rendis passion pour passion, je fus cruel envers les autres comme on l'avait
été à mon égard. Chassé de ce temple, dont le séjour
avait été le rêve de toute ma vie, je me montrai
sans pitié pour ceux qui, plus heureux que moi, en
franchissaient sans effort les portes d'airain. Je n'é-
tais que chef de cabale, je me fis pamphlétaire. Lors-

que je n'avais pas bien tué une pièce avec le sifflet, je l'achevais avec la plume ; un auteur ne s'échappait jamais de mes mains que bafoué et meurtri.

Toutes les œuvres principales ont été marquées par mes brochures ; c'étaient tantôt de *Très-humbles remontrances à la cohue au sujet de Denis le Tyran*, (la cohue ! ainsi exprimai-je mon mépris pour le public) ; tantôt des *Observations sur le duc de Foix*, de Voltaire ; des *Lettres sur les Héraclides*, de Marmontel ; des *Réflexions sur Electre*, de Crébillon, sur *Oreste*, sur *l'Orphelin de la Chine*, — sur quoi encore ? Il y aurait un énorme volume à composer de toutes ces satires, de toutes ces analyses, de toutes ces dissertations, de toute cette rancune manifeste et ardente, où souvent éclatent, à travers un parti pris de dénigrement, un sens littéraire très-sain et très fin, des aperçus nouveaux et l'autorité d'une expérience douloureusement acquise. La haine est quelquefois un bon éperon pour la raison ; et les yeux courroucés sont ceux qui courent après la grande lumière, si aveuglante qu'elle soit.

Ah ! j'étais actif, j'étais fort, je vivais en guerre

et je me sentais vivre, détestant et détesté, salué
bas, ayant mon couvert mis tous les jours chez des
gens qui m'accueillaient avec effroi , connu de tout
Paris, au point que lorsqu'un étranger demandait à
voir quelque chose ou quelqu'un de curieux, on lui
disait : — Avez-vous vu le chevalier de La Morlière?
Puis on le menait au café Procope, ou au café de
la Régence, ou dans la grande allée du Palais-Royal,
ou, plus sûrement encore, au parterre de la Comédie. C'était là que je brillais dans ma gloire, c'était
là que j'apparaissais menaçant comme Jupiter, et
comme lui armé de la foudre!

Ma réputation (une réputation exceptionnelle et
teinte de sombres couleurs) fut portée au comble,
vers ce temps-là, par mes dissensions avec Mlle Hip-
polyte-Claire de Latude Clairon, actrice de la Comédie-Française, tragédienne au théâtre et à la
ville.

L'histoire de ces dissensions forme un chapitre
qui eût été digne de figurer dans quelqu'un des
joyeux romans signés Le Sage.

VII.

⁊ Frétillon.

Vous n'ignorez point, monsieur, que *Frétillon*, était le surnom de la grande tragédienne. Ce surnom, par lequel elle était européennement connue, elle le devait à la rancune d'un de ses anciens camarades de coulisse, au comédien Gaillard de la Bataille, avec qui elle avait couru la province dans sa jeunesse. Gaillard de la Bataille l'avait aimée à la folie, et elle avait repoussé ses hommages avec une hauteur précoce. Mortifié, plus encore que désespéré par ses refus, il se vengea en publiant ce bas libelle qui a pour titre : *Histoire de Mlle Cronel* (anagramme de Cleiron ou Cleron), *dite Frétillon, actrice de la comédie de Rouen.*

Gaillard de la Bataille n'en demeura pas là ; sa haine dura plusieurs années, pendant lesquelles il ajouta des *suites* à son ouvrage. Transportant la

scène tantôt à Caen, tantôt à Lille, il montra la
Clairon en partie d'officiers, ou bien passant des
bras d'un marquis dans ceux d'un traitant. C'est un
livre abject en somme, et sans style, qui déshonora
son auteur. Je n'en ai parlé que pour rappeler l'o-
rigine du sobriquet plus que galant de Frétillon.

D'autres ont pu élever jusqu'aux nues les talents
de cette nouvelle Melpomène, comme on l'a appe-
lée (ô ma pauvre Adrienne Lecouvreur!); pour
moi, je dirai simplement que je ne pouvais pas la
souffrir. Au théâtre, ce que je détestai toujours le
plus, ce sont les génies académiques, ceux qui ne
laissent rien à faire à la nature, ceux dont la sensi-
bilité ne se meut que par des ressorts. On a dit de
Clairon que nulle *ne poussa l'art plus loin ;* cela est
possible, mais son talent était comme son nom, —
quelque chose de sonore et de froid ; — et je me
moque de l'art, en matière d'émotion! Je préfère
alors mille fois la Dumesnil, à qui la passion et le
vin sortaient par les yeux !

Je n'étais pas le seul de mon avis, mais j'étais
le seul qui l'exprimât tout haut, car une tragédienne
ne m'a jamais fait peur, — surtout une tragédienne

des tragédies de Voltaire et de Marmontel. Je connaissais l'orgueil surhumain de cette reine de théâtre, et je goûtais un plaisir infini à le rabaisser.
Mlle Clairon me prit en horreur. Elle jura de tirer
une vengeance éclatante de mes propos ; je suppose
qu'elle jura par le Styx : les immortels de la Comédie-Française ne pouvaient pas faire moins que les
immortels de l'Olympe.

Quoi qu'il en soit, je ne fis que rire des menaces
de Mlle Clairon, — et j'eus tort ; oui, j'eus tort.
J'aurais dû me rappeler l'anecdote de Fréron et le
mouvement extraordinaire qu'elle s'était donné pour
l'envoyer au For-l'Evêque ; j'aurais dû me rappeler
qu'il n'avait fallu rien moins que l'intercession de
Marie Leckzinska pour empêcher qu'on n'allât arra-
cher de chez lui ce journaliste, malade de la goutte.
Mais on ne pense jamais à tout. La Clairon ne me
fit pas conduire au For-l'Evêque , c'eût été trop
d'honneur pour moi ; — vous allez voir ce qu'elle
imagina.

C'était à la première représentation de *Tancrède*,
en 1761, je crois ; quelques minutes avant le lever
du rideau, j'allai prendre ma place accoutumée

dans le parterre. Ce soir-là, j'avais fait grand bruit chez Procope ; je m'étais déclaré ouvertement contre la pièce, contre Voltaire, et partant contre la Clairon ; j'avais même prédit que la pièce n'irait pas au quatrième acte, et que moi, de La Morlière, je ferais une fois de plus justice du mauvais goût du public. Le mot était donné à mes hommes ; savamment répandus dans la salle, et l'œil fixé sur moi, ils n'attendaient qu'un signal pour propager le tumulte.

J'étais assis entre deux individus d'une taille robuste et d'une figure patibulaire, que je ne reconnus pas pour mes voisins habituels ; néanmoins, je n'en pris aucune inquiétude. *Tancrède* commença ; je laissai passer les premières scènes. Vers la fin du premier acte seulement, je me mis en mesure de prodiguer les exclamations, les murmures, les haut-le-corps, les mouvements d'impatience ; mais aux premiers symptômes d'hostilité que je laissai percer, mes deux voisins se rapprochèrent tellement de moi qu'ils faillirent m'étouffer.

— Holà ! dis-je à celui de gauche.

— Mordieu ! dis-je à celui de droite.

Ils se reculèrent un peu, et je respirai. La pièce

tenait tout le public dans l'attention, lorsque, à un vers qui me parut marqué au coin de l'emphase, je laissai échapper un *oh! oh!* dérisoire, et qui fit rumeur. Au même instant, je me sentis broyé entre mes deux murailles vivantes ; et des *paix-là ! paix donc!* partis du milieu du parterre ne permirent pas à ma voix de se faire entendre. Je me contentai de rouler des yeux furibonds sur ces deux hommes, qui demeurèrent impassibles et silencieux, le regard attaché sur la scène, avec cette expression des gens qui n'ont point coutume de venir à la comédie. Ce que voyant, je haussai les épaules ; et je fus dégagé.

Le premier acte s'acheva. Au second, j'étais bien décidé à protester vigoureusement contre *Tancrède* et contre Aménaïde, représentée par la Clairon ; mais au moment où j'approchais mon sifflet de mes lèvres, le voisin de droite me saisit le bras avec une telle violence que le sifflet tomba par terre.

— Chut ! me dit-il.

Pour le coup, je me démenai de toutes mes forces, et j'allais m'exclamer, quand je sentis mon autre bras comprimé non moins énergiquement.

C'était le voisin de gauche.

— Silence ! me dit-il.

Le sang m'arriva à la figure ; mais, retenu par les deux poignets, que pouvais-je faire ? J'essayai de me lever, cependant.

— Restez tranquille, me dit brutalement dans l'oreille le premier de ces bourreaux.

— Si vous faites un geste, si vous jetez un cri, ajouta le second, notre ordre est de vous enlever de votre place et de vous expulser du parterre.

Ces hommes étaient deux exempts de police déguisés ; j'aurais dû m'en apercevoir plus tôt à leur laconisme farouche. Ils étaient taillés en athlètes ; toute lutte avec eux eût été misérable, et je ne dus même pas y songer.

— Ah çà ! mes drôles, murmurai-je, savez-vous qui je suis ?

— Parfaitement ; vous êtes M. le chevalier de La Morlière, et nous avons mission, mon camarade et moi, de vous surveiller.

— Aujourd'hui ?

— Aujourd'hui, et demain, et tous les jours, jusqu'à nouvelle consigne.

— Mais de quel droit ?... demandai-je, confondu.

L'exempt ne m'écoutait pas; ses yeux étaient fixés sur la scène avec admiration.

— Taisez-vous, dit-il, voilà Mlle Clairon qui entre en scène; ah! quel jeu, quelle actrice, monsieur le chevalier!

Et il se mit à claquer.

J'étais pourpre; je me tournai vers le second exempt, qui me parut être moins facile à l'enthousiasme.

— Ainsi, lui dis-je, c'est désormais entre vous et votre camarade qu'il me faudra assister à la comédie?

— Oui, monsieur le chevalier, et croyez que nous en sommes bien contents, moi, surtout, qui aime tant les pièces de M. de Voltaire.

— Pardieu! m'écriai-je en grinçant des dents, je suis enchanté que ce soit ma compagnie qui vous procure ce plaisir.

— Il ne tiendra qu'à M. le chevalier de n'avoir pas à se plaindre de la nôtre.

— Et comment cela?

— En s'abstenant scrupuleusement de toute manifestation désapprobatrice; ce qui doit être bien

6

facile à M. le chevalier, lorsqu'on joue des pièces comme celle-ci, par exemple. Tenez, écoutez : quelle grâce dans la période, quelle majesté dans la rime ! Ah ! les beaux vers ! les beaux vers !

Les deux exempts se mirent à l'unisson et applaudirent à tout rompre.

— Bravo, Clairon ! bravo ! criait le premier.

— Bravo, Voltaire ! bravo ! criait le second.

On se représente ma situation ; elle n'était pas tenable. Je quittai la place au troisième acte pour aller exhaler ma rage dans la rue.

Le lendemain, je ne parus pas à la Comédie-Française ; le surlendemain non plus. A la fin de la semaine, j'y entrai, non sans une vive appréhension. Les deux exempts m'attendaient ; ils me rejoignirent et se placèrent à mes côtés, après m'avoir donné toutes sortes de marques de respect.

Il m'était impossible, dans cette aventure, de méconnaître le doigt de Frétillon.

J'enrageai. Ma contenance fut toutefois celle d'un homme de condition, qui prend galamment les choses, et qui compte assez sur son imagination pour n'être pas inquiet de sa revanche.

En effet, l'occasion se présenta de mettre les rieurs de mon parti.

Cette fois, ce ne fut point à la représentation d'une tragédie de Voltaire, mais à celle d'un mauvais drame de Saurin, *Blanche et Guiscard*, imité de Thompson, qui lui-même en avait pris le sujet dans *Gil Blas*. Frétillon y avait un rôle dont on disait merveille et pour lequel Garrick était venu lui donner des leçons. J'étais d'autant plus animé contre la pièce nouvelle que j'avais autrefois traité un sujet analogue, que je l'avais présenté aux Comédiens-Français ; et que je m'étais vu éconduit, comme un écolier par des régents de sixième. A tous ces titres, je ne pouvais pas manquer la représentation de *Blanche et Guiscard*.

Mes deux voisins étaient à leur poste.

— Ma foi, monsieur le chevalier, me dit l'un, nous désespérions depuis quelque temps de votre présence ; on a cependant joué de bien jolies pièces, et Mlle Clairon s'est surpassée.

En toute autre circonstance, j'aurais vertement corrigé ce drôle, plus narquois évidemment que son devoir ne le comportait. Aujourd'hui, je ne voulais

rien compromettre ; je me contentai de le regarder
de travers, et de graver, pour l'avenir, son signale-
ment dans ma mémoire.

— Mais, ajouta l'autre, lorsque nous avons vu
paraître votre lettre de réclamation au sujet de la
nouvelle tragédie, nous avons bien pensé que vous ne
pouviez pas vous dispenser de venir ce soir au
théâtre.

Celui-ci avait plus de retenue.

— Qui est-ce qui joue ? lui demandai-je.

— C'est Bellecour, avec Mlle Dubois et la Clairon.

— C'est une belle fille, la Dubois.

— Oui, monsieur le chevalier.

— Et qu'est-ce qu'on dit de l'ouvrage ? continuai-
je indifféremment.

— De l'ouvrage de M. Saurin ?

— Oui.

— Mais, monsieur, répliqua l'exempt avec l'expression de la plus honnête surprise, est-ce que l'on
peut dire quelque chose d'un ouvrage avant qu'il ait
été représenté ?

— Bon ! vous savez bien ce que j'entends ; je demande ce que l'on en pronostique, si l'on croit à un succès ou à une chute.

— Oh! monsieur le chevalier, on s'attend à un succès.

— Comment cela ?

— Est-ce que M. Saurin n'est pas de l'Académie ?

— Eh bien! dis-je en riant, ce n'est pas une raison.

— C'est une raison pour un exempt, répondit-il avec une gravité un peu piquée.

Il n'y avait pas à causer avec cet homme-là.

Je me retournai vers la salle.

Blanche et Guiscard commença ; le premier acte fut un peu froid, malgré une reconnaissance et malgré le pittoresque des costumes siciliens, copiés au Cabinet des estampes. Je ne bougeai pas ; mais, à deux ou trois reprises, je bâillai avec une grande apparence de candeur. Mon voisin de droite, qui ne se méfiait de rien, en fit autant, et bientôt il fut imité par mon voisin de gauche. Je continuai avec expansion. Les bâillements gagnèrent le parterre tout entier ; vers le milieu de la pièce ils avaient escaladé la galerie et ils circulaient dans les loges.

Je suivais avec un plaisir malin les progrès de la contagion, dont j'étais le foyer. Vainement les comédiens redoublaient d'efforts pour secouer cet ennui, dont la manifestation leur arrivait par une multitude de mâchoires ouvertes; il y eut un moment où l'épidémie, franchissant la rampe, vint leur contracter la gorge et resserrer au passage les hémistiches de l'infortuné Saurin. Dès lors, la chute de la pièce fut décidée; je me hâtai d'y porter les derniers coups en bâillant plus démesurément que jamais. Cette fois, mon intention n'échappa pas aux deux exempts.

Celui de droite me dit :

— Monsieur le chevalier, nous sommes désolés d'avoir à vous rappeler à la prudence.

— Pourquoi cela? demandai-je.

—Parce que vous bâillez avec une affectation visible

— Eh bien! si je m'ennuie?...

Les deux exempts se consultèrent du regard; ma réponse les avait embarrassés.

— Au fait... murmura celui de gauche.

Mais l'exempt de droite, qui était le plus féroce, crut trancher péremptoirement la question par ces mots :

— Vous vous ennuyez trop.

Je ne me déconcertai pas, et, avec le plus grand flegme du monde, je lui posai cette interrogation :

— Est-ce que vous vous amusez, vous ?

Ils furent interdits.

— Je ne dis pas cela, dit le premier ; mais...

Le *je ne dis pas cela* était sublime ; je n'en voulus pas entendre davantage, je m'en tins au *je ne dis pas cela;* et comme j'avais soulevé un point délicat de controverse sur lequel leur consigne était muette ou plutôt qu'elle n'avait point prévu, ils me laissèrent bâiller jusqu'à la fin. Est-il nécessaire de dire que *Blanche et Guiscard* tomba, ou, pour mieux dire, s'affaissa sous l'indifférence publique, — indifférence dont Frétillon eut sa part, victime, elle aussi, de mon nouveau système de cabale ?

Je triomphai donc, mais je ne triomphai pas longtemps. Frétillon était toute-puissante : elle le fit bien voir. Lassée d'une lutte où j'avais su conserver l'avantage, elle résolut de m'écraser tout à fait; le coup qu'elle me porta était le seul auquel je ne m'attendais pas. Elle sollicita et obtint de M. de Sartine un ordre inouï, par lequel IL M'ÉTAIT DÉFENDU DE ME

PRÉSENTER DÉSORMAIS A LA COMÉDIE-FRANÇAISE. Furieux, je cours chez ce magistrat; j'ai toutes les
peines du monde à le voir, encore plus de peine à
obtenir de lui quelques explications.

— Que voulez-vous? me dit-il enfin, Mlle Clairon
est très-bien en cour; vous, vous avez une réputation détestable; il faut vous résigner. On vous a
assez averti; d'ailleurs, c'est votre faute.

— Mais une telle interdiction est inusitée et ne
s'appuie sur aucune loi.

— C'est vrai; mais Mlle Clairon a couru chez les
gentilshommes de la chambre; elle les a prévenus,
elle les a attendris. « Je ne peux pas jouer à la vue
de ce monstre! » a-t-elle dit en parlant de vous.
Enfin...

— Enfin?

— Elle a menacé de se retirer du théâtre.

— Quelle parodie! m'écriai-je; il n'y a pas de
mois, pas de semaine, pas de jour qu'elle ne
renouvelle cette menace; et vos gentilshommes
de la chambre auraient beau jeu à la prendre au
mot!

— Peut-être avez-vous raison, me dit froidement

M. de Sartine; mais cela ne me regarde pas, j'obéis
à des ordres supérieurs.

Je voulus insister, il me tourna le dos.

J'écrivis mémoires sur mémoires, j'invoquai la
justice, j'exposai l'histoire de mes querelles avec les
comédiens français; l'ordre ne fut pas révoqué. Je
remuai terre et ciel pour intéresser à ma cause quelques personnages influents, et je m'aperçus une fois
de plus que ma force n'était qu'en moi seul. Qui eût
voulu protéger le chevalier de La Morlière? Qui eût
osé le défendre hautement? Il n'y avait que le chevalier de La Morlière qui pût plaider pour le chevalier de La Morlière. Un nouveau et fulminant mémoire, en forme de consultation, que je lançai dans
le public, intimida l'autorité; j'y demandais par
quelle voie me pourvoir pour jouir du droit, qui ap-
partient à tout citoyen libre, d'aller, en payant, à la
Comédie-Française. On craignit que cette affaire ne
fît trop de tapage; et, en dépit de Mlle Clairon, le
lieutenant de police, qui vit que j'étais homme à
mener loin les choses, leva l'interdiction arbitraire
qui pesait sur moi.

Ainsi finit, — à mon honneur, — ce débat si long,

temps prolongé. A Venisé, je n'en eus pas été quitte à moins d'un coup de stylet; mais nous étions à Paris, et la Frétillon n'avait pas de sbires à ses ordres.

VIII.

La joueuse de guitare.

Ces choses se passaient vers 1766.

Je travaillais alors à une volumineuse histoire du théâtre, qui n'a jamais été imprimée, — et c'est dommage.

Toutes mes journées étaient prises par ce labeur; mon unique distraction, le soir, était d'aller faire ma partie de trictrac, au café, avec le chevalier de Mouhy ou avec le petit Poinsinet.

Une fois, la partie s'étant prolongée plus tard que de coutume, je me trouvais attardé dans les rues. J'avais bien à mon côté de quoi défier les mauvaises rencontres, mais je n'avais pas de quoi défier l'hiver qui commençait à faire sentir sa maligne influence; en un mot, j'étais sans manteau, et, moitié pestant, moitié grelottant, je regagnais à pas pressés mon logis.

Je demeurais alors rue du Plat-d'Étain.

La nuit était tellement profonde que je distinguais à peine ma maison.

Au moment où j'allais soulever le marteau de la porte, mes pieds se heurtèrent contre un corps inanimé, étendu sur le seuil. Je me baissai, mes mains rencontrèrent une robe et une guitare ; — je me rappelai aussitôt une petite mendiante à qui je donnais souvent l'aumône et qui m'avait frappé par la douceur de sa figure.

— Elle se sera évanouie, pensai-je ; le froid... la faim peut-être...

Et l'ayant chargée sur mes bras, je la montai jusque dans ma chambre où j'allumai un grand feu, qui nous était presque autant nécessaire à l'un qu'à l'autre.

La chaleur la fit revenir à elle. Surprise de se trouver seule avec moi, à cette heure de la nuit, l'extrême pâleur remplaça sur ses traits l'extrême rougeur. Je la rassurai du mieux qu'il me fut possible, — et j'allai tirer de mon buffet quelques viandes froides, avec une bouteille de vin bourguignon. Ce petit repas établit la confiance entre nous ; — l'en-

fant me remercia avec une effusion dont mon cœur
fut agité.

Sur ces entrefaites, une idée me saisit.

— Comment vous appelez-vous ? lui demandai-je.

— Denise.

— Quel est votre âge ?

— Dix-sept ans, me répondit-elle.

— Eh bien ! Denise, moi, j'en ai plus de soixante-
six ; je suis un vieillard et je ne tiens à personne au
monde ; voulez-vous être ma gouvernante ?

La petite joueuse de guitare resta un moment in-
terdite ; puis de grosses larmes se firent jour dans
ses yeux.

— C'est plus de bonheur que je n'osais en attendre, dit-elle ; parlez-vous bien vrai ?

Il n'y a que les âmes naïves pour opérer des bou-
leversements dans les âmes flétries. Cette jeune
fille, qui n'était pas précisément jolie, mais qui
avait pour elle un grand air de bonté, faisait rentrer
en moi mille sensations anciennes et perdues. J'avais
tellement vécu en dehors des sentiments simples,
mon cœur et mon esprit appartenaient si peu aux
mœurs familières, que je me vis à mon tour embar-

rassé et comme honteux. — Lorsque Denise se jeta
sur ma main pour la baiser, je la retirai avec promp-
titude.

Hélas! j'avais fait si peu de bien dans ma vie
qu'un mouvement de reconnaissance élancé vers
moi me froissait à l'égal d'une injure !

J'installai sur l'heure Denise dans ses nouvelles
fonctions : je lui confiai la garde de mon linge et le
soin de mon humble mobilier.

Est-il utile de dire que je n'étais guère plus riche
en 1766 qu'en 1720, et que mon crédit comme chef
de cabale ayant été fortement ébranlé par les intri-
gues de la Clairon, j'en étais réduit, pour subsister,
aux seules ressources littéraires? On sait quelle iro-
nie cachent en tout temps ces deux mots. Ah!
monsieur, puissiez-vous n'être jamais forcé, sur vos
vieux jours, de recourir au gagne-pain de la littérature !

Le temps des maréchales était passé, car ma tête
était devenue grise. — Pour me remettre en cour,
j'avisai de composer un roman intitulé *le Fatalisme*
et de le dédier à Mme la comtesse Dubarry. C'était
le premier hommage de ce genre qu'elle recevait;

tout le monde me jeta la pierre pour avoir, dans ma dédicace, célébré ses *talents* et ses *vertus*. J'avoue aujourd'hui que c'était pousser la flatterie un peu loin, mais en fait de dédicace on ne doit pas y regarder de trop près; Corneille lui-même ne nous a-t-il pas donné l'exemple dans ses *Épîtres à la Montauron ?*

La Dubarry accepta le patronage de mon roman, et, pour me prouver combien elle était sensible à mon héroïque politesse, elle me fit prier de venir souper avec elle.

Je fus assez dépaysé. J'avais compté sur de l'argent, sur une gratification quelconque ; au lieu de cela, on m'envoyait de la fumée d'honneur et de la fumée de cuisine par le nez. Un souper chez la favorite ! Que n'aurait pas donné un courtisan pour obtenir une faveur semblable ! Moi, je l'aurais cédée volontiers pour une paire de boucles d'argent neuves.

Et puis, je réfléchis. Il me parut évident que la Dubarry n'avait rien entendu à mon épître, ou plutôt que la pauvre fille l'avait prise naïvement au sérieux. Dès lors, je me représentai ses efforts pour

imaginer une récompense à la hauteur de cette action, et je compris l'invitation à souper; c'était ce
qu'elle avait trouvé de mieux. Je souris avec indulgence, et je l'excusai. — Mais ce n'eût pas été
Mme de Pompadour qui se fût trompée à ce point !

Pendant deux jours, Denise ne fut occupée qu'à
restaurer mon habit à paillettes.

IX.

Souper avec la Dubarry.

J'ai fait des soupers plus gais que celui-là.

Nous n'étions que deux, elle et moi, dans une salle éclairée comme pour vingt-cinq convives.

La Dubarry était parée royalement, on peut le dire ; elle avait une robe lamée d'or, que des poignées de perles retroussaient, et, sur ses cheveux divinement poudrés, un toquet chiffonné par la Duchapt, qui laissait échapper des plumes et des pierreries.

Il était clair, décidément, qu'elle avait voulu me faire honneur, grand honneur.

Néanmoins, je ne figurais pas trop mal en face d'elle : mon habit était bien un peu flétri, ma cravate un peu rousse (Denise brûlait toujours le linge en le repassant) mes dentelles étaient reprisées en plusieurs endroits ; mais l'air de tête rachetait tout ;

8

— je pouvais en juger dans les glaces qui nous environnaient.

Pourtant, encore une fois, ce souper avait quelque chose de chagrin.

Les domestiques qui nous servaient laissaient lire sur leur figure une expression de froideur exagérée ; il allaient et venaient sans qu'on entendît le bruit de leurs pas.

A vrai dire, je sentais confusément ce que tout cela signifiait ; — et la Dubarry finit par le sentir à son tour. Cela signifiait qu'il y avait à cette table une courtisane et un pamphlétaire, deux personnages de la même étoffe, la pire espèce d'homme et la pire espèce de femme, à ce qu'on prétend. Cela signifiait que le rôti du roi de France était mangé en ce moment par une grisette parvenue et par un chevalier décrié ; et qu'un tel spectacle, au milieu de ces lambris dorés, manquait sinon de curiosité, mais peut-être de grandeur ou du moins de convenance.

Dès que cette révélation se fut faite à nous, — et ce fut l'affaire d'un regard échangé, — nous éprouvâmes un embarras que nous ne cherchâmes point à dissimuler. Nous vîmes que nous nous compromettions mutuellement, et que notre véritable place, pour un tête-à-tête, était aux Porcherons ou à la *Tour d'Argent*.

Il en résulta que j'expédiai le souper avec plus de diligence que je l'aurais fait en toute autre occasion; — mais je voulais être généreux et faire oublier sa méprise à la Dubarry.

Ses yeux, — ses beaux yeux, — m'en témoignèrent une véritable gratitude.

Les quelques paroles que nous échangeâmes furent banales et prononcées presque à demi voix.

Après le dessert, elle se leva ; et pour la première fois, me souriant comme elle aurait souri à Louis XV, elle me donna sa main à baiser.

J'y appuyai respectueusement mes lèvres ; — et, lorsque je relevai la tête avec une involontaire émotion, elle avait disparu.

Pauvre femme ! on dit que vous l'avez guillotinée.

X.

Denise.

Le lendemain, je reçus une bourse de cent louis ; la favorite avait compris, à la fin.

Jamais argent n'était arrivé plus à propos ; Denise faillit en devenir folle de joie.

Cela nous fit vivre pendant une année, au bout de laquelle nous retombâmes dans la gêne. La cabale n'allait plus, j'avais renoncé définitivement au théâtre ; et puis, l'âge m'arrivant, je devins facile à décourager. Seule, Denise ne se désespérait pas ; elle croyait, ou plutôt elle voulait croire à mon bonheur, à mon étoile, au hasard protecteur. Moi aussi j'avais cru jadis à tout cela !

Selon ses conseils, — car Denise me donnait des conseils, — j'essayai de me rappeler une seconde fois au souvenir de la maîtresse de Louis XV ; j'écrivis les *Mémoires de Du Barry de Saint-Aunetz,* anecdote du temps de Henri IV. Mais mon appel ne fut pas entendu : — ni bourse, ni souper !

Ce fut mon dernier ouvrage imprimé ; j'avais soixante-dix ans...

Monsieur, cette dernière partie de mon existence vous paraîtra assez triste ; elle n'est cependant qu'une conséquence de ma jeunesse et de mon âge mûr. — Après la gêne, vint la misère absolue ; je la supportai mal, car je n'avais ni religion ni philosophie. D'abord, je mis mes amis à contribution, mais comme la liste en était fort courte, je dus bientôt recourir aux simples connaissances, près desquelles je finis par acquérir une réputation d'emprunteur, comme Baculard d'Arnaud. J'avais gardé ce que ne m'ont jamais refusé mes ennemis, c'est-à-dire la verve hâbleuse, l'esprit à flots ; j'amusais, j'étais écouté, et, la vanité aidant, je croyais de la sorte rembourser mes créanciers. — Par malheur, toute cette gaîté m'abandonnait quand je rentrais chez moi ; le sentiment de ma position avilie reprenait le dessus, et je devenais amer même pour Denise. Aussi, comme toutes les natures aigries par la conscience de leurs propres fautes, je fuyais mon inté-

rieur où veillaient constamment l'angélique patience
et la tendresse qui encourage. Je redoutais la con-
solation encore plus que le reproche ; la bonté m'ir-
ritait. Je gagnai à cette humeur maussade quelques
vices de plus, et, descendant les derniers degrés
de l'échelle sociale, j'arrivai à ne me plaire que dans
la compagnie des malheureux ; je hantai les cafés
équivoques, les cabarets de la Courtille, je goûtai
un âcre plaisir à m'enfoncer chaque jour plus avant
dans les fanges.

Il me fut donné alors d'apprécier le dévouement
admirable de Denise. Toujours riante, même au
milieu du plus profond dénûment, elle opposait à
notre mauvaise fortune un génie vraiment inventif.
Lorsque, les mains vides, je revenais silencieuse-
ment m'asseoir au coin de la cheminée sans feu,
c'était elle qui s'efforçait d'improviser un repas
égayant. Dans les moments extrêmes elle savait in-
voquer des ressources que je n'eusse jamais soup-
çonnées : tantôt c'était le traiteur qui avait con-
senti à s'humaniser jusqu'à la fin de la semaine,
tantôt c'étaient deux ou trois pièces d'argent mira-
culeusement retrouvées dans le fond d'un tiroir. Je

ne m'inquiétais pas autrement de cela, — lorsqu'une circonstance fortuite vint m'ouvrir les yeux et les remplir de larmes.

Passant vers midi, par le plus extraordinaire hasard, dans le quartier de la Petite-Pologne, j'entendis au coin d'une rue les sons d'une guitare, mêlés aux accents d'une voix qui me donna un tressaillement subit. Je pris ma tête à deux mains pour m'assurer que je ne devenais pas fou, et je m'avançai rapidement vers l'endroit d'où partait cette voix connue...

Ah! monsieur, vous devinez tout, n'est-ce pas?

C'était Denise, — Denise qui, depuis un mois, avait repris secrètement son ancien métier, pour faire vivre le chevalier de La Morlière !

XI.

L'académie de la rue du Chaume

Il ne me reste plus qu'à vous dire comment cet ange me fut enlevé.

Elle avait trop souffert dans son enfance et dans sa jeunesse pour vivre longtemps. Notre misère était sans issue. Les derniers ressorts de ce corps et de cette âme se brisèrent dans une lutte désespérée : après huit ans de douleurs partagées avec moi, elle tomba malade, — pour ne pas guérir.

Les soins éclairés d'un de mes amis, nommé Rondel, excellent médecin, prolongèrent son agonie jusqu'à l'automne de 1772.

Il y avait six mois que je la voyais s'en aller, calme, pâle, mais souriante toujours. — Croiriez-vous que souvent elle essayait encore de relever mon courage, et qu'elle m'engageait à travailler, en me montrant le succès et l'aisance dans un avenir tout prochain? Mais, de ce côté-là, l'illusion était bien morte en moi. J'écrivais cependant, de temps à autre, pour lui faire plaisir...

Je me souviendrai toujours du 5 octobre, qui était un samedi.

Ce jour-là, j'avais passé la plus grande partie de l'après-dîner sous les arbres du Palais-Royal, et M. le marquis de Villevieille m'avait prêté un petit écu.

Je repris assez tristement le chemin de la rue du Plat-d'Etain. Depuis quelque temps, je ne chantonnais plus; j'avais presque perdu l'habitude de regarder les passants par-dessus l'épaule; mon inadvertance était telle que, si j'eusse heurté quelqu'un, j'aurais été capable de lui dire : — Excusez-moi, monsieur.

Denise était étendue dans la bergère, comme je l'avais laissée le matin. Elle me sourit des yeux; c'était tout ce qu'elle pouvait faire, car la faiblesse l'envahissait de toutes parts.

— Est-ce que Rondel n'est pas venu aujourd'hui? demandai-je avec inquiétude.

— Si, murmura-t-elle.

J'allai à la cheminée et trouvai l'ordonnance sous un flambeau. Je la lus à voix basse : c'était, comme d'habitude, de la volaille, du vin de Bordeaux, des biscuits ; avec des sirops pour le soir et des bouillons pour la matinée. Évidemment mon petit écu ne pouvait suffire à cette dépense ; un mouvement de mauvaise humeur m'échappa.

— Rondel se moque du monde ! dis-je entre mes dents.

— Qu'est-ce qu'il y a ? interrogea Denise, avec cet éternel sourire qui me désespérait.

— Rien, rien... répondis-je en pliant l'ordonnance et la mettant dans ma poche.

Mais les malades ont une clairvoyance extrême. Elle lut dans mon geste, et, suivant la même filière d'idées que moi, elle arriva en même temps à la même décision.

— Est-ce que vous n'allez pas ce soir à l'académie de la rue du Chaume ?

L'académie de la rue du Chaume était un tripot où j'avais coutume d'aller tenter la fortune ; mais ce soir, avec un écu pour enjeu, que pouvais-je espérer ? Et puis, devais-je exposer cette ressource uni-

que? S'il m'était impossible, avec un écu, de me
procurer toutes les choses indiquées dans l'ordonnance, au moins m'était-il possible d'en avoir une
partie, le bouillon, par exemple, et la volaille. Fal-
lait-il risquer le tout pour le tout? En avais-je le
droit?

Denise comprit mon indécision, car elle me dit en
m'encourageant du regard :

— Allez là-bas; vous savez que vous avez du
bonheur.

— Te laisser? répliquai-je en la regardant avec
anxiété.

— Je vais mieux... et puis, j'éprouve... comme
un grand besoin de sommeil.

Si je l'eusse examinée plus attentivement, j'aurais été épouvanté de l'expression de ses traits; je
me serais aperçu que la vie commençait à abandonner ses lèvres; que ses prunelles, offusquées par un
rien et continuellement tremblotantes, n'avaient
plus que le reflet incertain des lampes qui se meu-
rent; que ses chers petits doigts, abandonnés sur sa
robe de couleur foncée, s'étaient amaigris d'une
manière effrayante et offraient la blancheur triste

de l'ivoire ; — mais, habitué à la voir tous les jours et peu habile à saisir les gradations de la maladie, je ne m'aperçus pas du ravage qui s'était opéré en elle depuis quelques heures.

Et je sortis.

Vous pensez bien que je n'avais guère le cœur au jeu. Cependant, autrefois, on me renommait parmi les amateurs du *biribi*, du *pharaon*, du *trente-et-quarante ;* au Palais-Royal, maintes fois, j'avais fait la partie du comte de Genlis, et j'avais taillé chez l'ambassadeur de Venise ; — une nuit même, il m'arriva d'y gagner sept cents louis ; il est vrai que, le lendemain, j'en reperdis neuf cents dans une sorte de souterrain que le comte de Modène avait loué au Luxembourg et où trois à quatre cents hommes de toute condition se pressaient en tumulte autour de plusieurs grandes tables de jeu. Au fait, vous m'eussiez trouvé incomplet, avouez-le, monsieur, si vous ne m'aviez point trouvé un peu joueur. Depuis quelques années, malheureusement, ma mauvaise fortune m'avait forcé de me rabattre sur des tripots de moindre étage, tels que ceux de la Liennéite, de la Dusaillant et de la Lacour, véritables coupe-gorges autorisés par le lieutenant de police.

Un des plus misérables était celui vers lequel je me dirigeai. Il était situé rue du Chaume, et, comme tous les endroits de ce genre, il était tenu par une femme, la Cardonne, née d'une blanchisseuse aux casernes et d'un laquais du premier président d'Aligre. La compagnie était ordinairement composée de militaires, de provinciaux, d'espions et de gentils-hommes de ma trempe ; ajoutez-y quelques jeunes filles galantes dont la mission était de *couper* et de verser à boire.

Lorsque j'entrai, il y avait trois tables en train : une de *passe-dix*, une de *belle* et une troisième de *bouillotte*. Je m'approchai : on jouait trop gros jeu pour moi, et je dus attendre qu'il se formât une quatrième table. Soucieux, j'allai m'asseoir sur une des banquettes qui garnissaient la salle.

Etait-ce accablement physique ? était-ce fatigue morale ? ou bien subissais-je l'influence de cette atmosphère chargée d'haleines en feu et de parfums de liqueurs ? Peut-être pour ces trois causes, je m'assoupis.

L'ennemi que redoutent le plus les hommes

d'intelligence, c'est leur sommeil, presque toujours frère du délire, plein de faiblesses et de terreurs, de larmes et de souvenirs ; sommeil dépensé en accès puérils de courage, de passion ou de désespoir ; quelquefois, aussi, entrecoupé de sublimités et d'aperçus étranges qu'on ne peut pas réussir à se rappeler. — Le sommeil raille la vie ; il joue au roman avec les ressorts distendus de l'imagination ; c'est un chat entré dans un cabinet pendant l'absence du maître, et qui promène à l'étourdie sa patte sur toutes sortes de papiers classés, qu'il dérange, qu'il dissémine. J'ai toujours eu peur de mon sommeil, comme on a peur d'un invisible adversaire.

Et puis, le sommeil à soixante-dix ans, quand on n'est arrivé à rien, quand on sait qu'on n'arrivera plus à rien, quand on s'aperçoit cruellement de la déconsidération qui vous entoure, et qu'on n'est plus assez fort pour la braver ; — le sommeil, quand on n'a pas acquis le droit de s'y livrer, c'est horrible !

Je m'endormis cependant.

Le bruit des écus remués, les exclamations des joueurs, les rires étouffés des femmes m'arrivaient à

travers mon assoupissement léger, qui me laissait
percevoir aussi la lumière ; — mais au bout de quelques instants rien ne m'arriva plus : je tombai tout
d'un coup au fond du sommeil, comme quelqu'un
qui tombe au fond de l'Océan.

XII.

Le rêve.

Je rêvai que j'étais redevenu jeune, ce qui est le plus horrible et le plus charmant des rêves.

C'était le matin, sur une grande route bien claire, par un beau soleil. Vêtu de l'habit de mousquetaire, je marchais allègrement, tout droit devant moi. Au bout de quelques instants, je m'arrêtai devant la grille d'une avenue, attiré par des rires jeunes et frais. Les arbres de cette avenue étaient magnifiques et menaient à un château de noble apparence, du temps du roi Louis XIII. Le rouge de ses briques ressortait galment du milieu du feuillage ; son perron naissait du sein de l'herbe.

J'étais devant cette grille, lorsque je vis déboucher sur la pelouse de l'avenue un groupe de robes blanches et de têtes enjouées. C'étaient cinq jeunes filles, dont la plus âgée ne dépassait pas seize ans. Elles se poursuivaient en riant; l'une d'elles se baissait quelquefois pour cueillir des fleurs, qu'elle jetait ensuite, toutes mouillées de rosée, au visage de ses compagnes. Tantôt elles disparaissaient, mais pour reparaître un peu plus loin, aussi bruyantes, aussi gracieuses.....

Je n'ai guère abusé, dans mes écrits, de ces images heureuses. Mon style a toujours été un style de corrompu. Ne vous moquez pas trop de moi si ma pastorale vous paraît gauche et si, en voulant être sincère, je ne parviens qu'à être ridicule.

Cette apparition enchanta mes vingt ans. Je restai immobile et ému.

Pourquoi ne pouvais-je pas me détacher de cette grille? Etait-ce, dans mon rêve, un pressentiment des traverses qui devaient m'assaillir? Soudain, une de ces enfants aux engageants regards m'aperçut et, du geste, m'invita à venir. Je demeurai, hésitant. La halte me semblait bien douce, en effet, mais le chemin était là qui m'appelait, le chemin infini et brillant, plein de curiosités et d'aventures. La jeune fille s'approcha, et, lisant dans mes yeux

— Restez, me dit-elle; ici, c'est le bonheur!

10

En ce temps-là, j'étais persuadé qu'il y avait de la force d'âme à fuir le bonheur. Je jetai un dernier coup d'œil sur les grands arbres de l'avenue, sur le château briqueté, sur l'essaim des jeunes filles, et je partis rapidement.

Mais, après quelques pas, je sentis ma figure baignée de larmes.

Hélas ! oui, le bonheur était là. Là, était le calme de l'esprit, la joie innocente, l'âge mûr bienveillant et entouré des sourires de la famille ; là, était la vieillesse aimable et respectée. C'était la vie, telle que le ciel la fait pour les honnêtes gens. A ce moment de mon rêve, je me vis passer, moi, dans cette avenue que je venais d'abandonner, sur cette pelouse si fleurie, non pas triste célibataire, mais père de famille, appuyé sur le bras d'un de ces beaux anges de tout à l'heure, et portant mes quatre-vingts ans avec la sérénité que donne une conscience pure. J'avais glorieusement servi le roi ; jeune encore, je m'étais marié avec une femme à qui, depuis mon enfance, appartenaient mon cœur et ma pensée. Une couronne de cheveux blancs me donnait cet aspect auguste que l'on retrouve dans certains vieux portraits. Le jour, j'avais un grand parc, où, quand je me promenais, les paysans me saluaient avec reconnaissance. Le soir, j'avais un grand foyer réjouissant et flamboyant ; j'étais assis dans le fauteuil qui avait servi à mon père : et, à mon tour, en me penchant à droite, je pouvais dire : Ma fille ! et en me penchant à gauche : Mon fils !

— Dis donc, La Morlière, voilà une table de *passe-dix* qui se forme, et l'on va jouer le petit écu.

XIII

La réalité.

C'était la Cardonne qui me tapait sur l'épaule.

Je me réveillai.

L'imagination encore remplie de mon rêve, je me levai en chancelant, les bras engourdis, les yeux brûlants, et je fis quelques pas au hasard.

Tout à coup je reculai.

J'avais en face de moi un personnage étrange, repoussant, flétri. C'était un homme âgé, mais dont les rides paraissaient être plutôt l'ouvrage du vice que l'ouvrage du temps; ses paupières étaient rougies, ses lèvres étaient pâlies. Il était couvert de vieilles dentelles; un pauvre habit de taffetas se collait encore désespérément sur ses épaules; et sa cravate, semblable à une dernière affection, semblait prévoir avec regret le moment prochain où il allait falloir se séparer de lui...

A ce spectacle, je ne pus retenir un geste de dégoût et de pitié, — que le personnage répéta.

Étonné, je me frottai les yeux ; j'aperçus alors une glace placée à quelque distance devant moi, et dans cette glace ma propre image, devant laquelle je venais de reculer !

Sur ces entrefaites, la Cardonne s'avança de nouveau pour m'entraîner à une table de jeu ; mais, étant revenu tout à fait à moi, je la repoussai en murmurant quelques vagues paroles ; et, le souvenir de Denise s'étant représenté à mon esprit, je quittai précipitamment l'académie de la rue du Chaume.

Un soupçon funeste m'oppressait.

Je marchais, — ou plutôt je courais, — en parlant à voix haute.

Mais, quelque diligence que je fisse, j'arrivai trop tard à la chambre de la rue du Plat-d'Etain. Denise venait d'expirer ; elle était encore étendue dans sa bergère, comme je l'avais laissée, les bras abandonnés sur sa robe brune.

XIV

Dénoûment

Croiriez-vous, monsieur, que je vécus encore treize ans après cette perte irréparable ? La vie s'était enlacée à moi comme un châtiment.

Je m'étais retiré dans un coin de l'île Saint-Louis. Depuis la mort de Denise, j'avais renoncé au théâtre, au café, au monde, à tout. Je n'eus pas de peine à me faire oublier ; — mais je n'oubliai jamais, moi.

Enfin, à l'heure où j'achevais ma quatre-vingt-troisième année, une maladie de langueur m'atteignit ; elle dura deux ans entiers, à la fin desquels je m'éteignis dans les premiers jours du mois de février 1785.

Je mourus comme j'avais vécu. N'ayant jamais donné, ainsi que je l'ai déjà dit, aucune preuve de philosophie ni de religion, je tournai le dos au prêtre qui vint pour m'assister à mes derniers moments.

— Mon fils, repentez-vous, me dit-il.

— Je ne fais que cela depuis vingt ans.

— Priez Dieu !

— Hein ? murmurai-je.

— Sa miséricorde est infinie, ajouta-t-il.

— Je ne l'ai prié que deux fois, répondis-je ; la première, pour qu'il envoyât la Clairon au diable ; la seconde, pour qu'il me conservât ma chère Denise ; il n'a exaucé ni l'une ni l'autre de mes prières. Je n'ai rien à lui demander pour moi.

— Cependant...

— Voyons, monsieur le prêtre, soyez de bonne composition et laissez-moi tranquille. Ne recommençons pas la comédie de Voltaire. Vous voyez bien que je n'ai pas la force de vous mettre à la porte.

Il sortit. Une heure après, je rendis le dernier soupir.

C'est tout, monsieur.

J'étais tellement décrié qu'aucun journal n'osa annoncer ma mort.

Relisez quelquefois *Angola*.

FIN DES AVEUX D'UN PAMPHLÉTAIRE.

LE CHEVALIER DE MOUHY

LE CHEVALIER DE MOUHY

Le chevalier de Mouhy était, comme nous l'avons dit déjà, un des amis du chevalier de la Morlière, avec qui il offre d'ailleurs plusieurs traits de ressemblance morale.

Le chevalier de Mouhy ouvre la série des romanciers bourbeux du XVIIIe siècle. Dans la somme énorme de ses ouvrages oubliés, on distingue un bon, un joyeux, un vivace roman, *la Mouche, ou les Aventures et espiégleries facétieuses de Bigand*. C'est assez pour que je m'empresse de jeter une corde de sauvetage à ce pauvre auteur si maltraité des biographes.

Publiée en 1736, *la Mouche*, d'un ton plus cru et d'un son plus turbulent que les odyssées espagnoles de Lé Sage, fait pressentir les romans de Pigault-Lebrun ; — je parle du Pigault-Lebrun des bons jours, du Pigault-Lebrun des *Barons de Felsheim* et de *Mon oncle Thomas*, soldatesques orgies. Cela est si vrai que, pendant le Directoire, un libraire fit réimprimer *la Mouche* et l'opposa avec succès aux productions du jour. — On sait qu'en argot de police, une *mouche* n'est autre chose qu'un espion. C'est sous le titre de l'*Espion* que l'Allemagne a traduit le roman du chevalier de Mouhy.

Ses autres livres n'ont pas, à beaucoup près, la même valeur. Ce sont pour la plupart des imitations ou des contre-parties des ouvrages en vogue. Les *Mille et une faveurs* sont estimées en librairie beaucoup plus qu'elles ne valent ; cela tient aux allégories qu'elles renferment et aux noms anagrammatisés, dont la clef est difficile à faire.

Le *Petit Almanach des grands hommes*, qui se moque de tout le monde, n'a pas manqué de se moquer du chevalier de Mouhy : « Beaucoup de pièces en vers et en prose, et quarante volumes de romans donnent à cet écrivain un des cortéges les plus imposants de notre nomenclature. Nous lui devons, dans son *Histoire du Théâtre-Français*, la plupart des jugements portés sur les auteurs dramatiques vivants. Ce beau génie semble avoir deviné nos intentions en insistant beaucoup moins sur Corneille, Molière et Racine, que sur MM. Mercier et Durosoi, et en louant tout le monde. Cette méthode est, en effet, le seul moyen indiqué par la prudence pour éteindre ces rivalités et ces disputes odieuses qui déshonorent la littérature française et qui changent en vils gladiateurs les véritables maîtres du public. »

Rivarol n'est pas le seul qui se soit égayé sur le compte de l'auteur de la *Mouche ;* Palissot a malmené fort rudement le chevalier dans ses *Mémoires littéraires* et dans son poëme de la *Dunciade.* « Le plus fécond, mais le plus ennuyeux des romanciers, » l'appelait-il.

Le chevalier de Mouhy était cependant un Lorrain comme Palissot. Mais il était pauvre à faire pitié et laid à faire peur. La *Chronique scandaleuse* de 1785 le dépeint comme un boiteux et un bossu ; et l'on a peine à croire qu'il ait servi en qualité d'officier de cavalerie. C'est pourtant le titre qu'il prend dans ses livres, et le costume qu'il a adopté pour son portrait gravé.

On l'a représenté comme un importun de café, ayant toujours les poches bourrées de ses ouvrages, les colportant, les vendant lui-même ; d'autres fois se donnant à loyer pour faire applaudir ou siffler les pièces nouvelles. Pénible métier pour un homme qui a eu du talent une fois dans sa vie.

Le chevalier de Mouhy donna souvent prise au ridicule, et, comme Poinsinet d'innocente mémoire, il servit de plastron aux quolibets de ses confrères. Une aventure qui lui arriva sur les derniers temps de sa vie est assez originale et se détache assez de la foule des *ana* pour que je la rapporte ici.

Il demeurait alors tout au haut d'une maison qui existe encore, au coin de la rue de l'Arbre-Sec et de la rue Saint-Honoré, vis-à-vis la fontaine. Un jour, il reçut la visite de l'abbé Arnaud, de l'Académie française, plus spirituel mystificateur que glorieux académicien. Après les civilités d'usage, l'abbé Arnaud lui annonça qu'il venait de recevoir d'un jeune homme de province des *Stances à la louange du chevalier de Mouhy.*

— A ma louange, monsieur l'abbé?

— A votre louange, monsieur le chevalier.

— Parbleu ! je suis curieux de connaître ces stances-là.

L'abbé déploya son papier et commença gravement :

> Un des plus grands avantages
> Dont notre siècle ait joui,
> C'est d'avoir vu les ouvrages
> Du chevalier de Mouhy.

— Il y a de la facilité, murmura l'auteur de la *Paysanne parvenue*, en savourant une prise de tabac.

> — Ils respirent la noblesse,
> L'esprit en est ébloui.
> Non, nul auteur n'intéresse
> Comme monsieur de Mouhy.

— Ah ! dit le chevalier en se rengorgeant modestement, votre jeune homme est trop honnête.

> — L'on prétend qu'il n'est point d'homme
> Qui n'ait quelquefois menti,
> Mais personne ne ment comme
> Le chevalier de Mouhy.

— Comment! qu'est-ce que cela veut dire? Est-ce que l'on se moque de moi?

— Patience, monsieur le chevalier.

— Non, monsieur l'abbé, je n'écouterai pas davantage cette impertinence.

L'abbé continua :

> Le bon goût, l'adresse extrême
> Dont chaque ouvrage est rempli,
> Font préférer au vrai même
> Les mensonges de Mouhy.

— Qu'entends-je? dit le chevalier; c'est charmant! Quelle louange délicate et quelle façon habile de l'amener! Avoir l'air de dire une injure et faire un compliment! Ce jeune homme-là promet. Voyons la suite.

> — Du pays qui m'a vu naître
> Je ne suis jamais sorti ;
> J'en sortirai pour connaître
> Le chevalier de Mouhy.

— Oh! oh! qu'il ne se dérange pas; il me connaît de réputation, cela suffit.

> — Taille noble et jambe fine,
> Œil brillant et réjoui;
> Voilà comme j'imagine
> Le chevalier de Mouhy.

— Hum!... hum!... dit le chevalier en faisant la grimace; il y a un peu à rabattre.

> — Qu'il doit inspirer d'alarmes
> A tout amant, tout mari!
> Comment résister aux charmes
> Du chevalier de Mouhy!

— Dans ma jeunesse, je ne dis pas... mais avec l'âge on se range; d'ailleurs, il faut de la morale.

> — Puissent donc les destinées
> Conserver gras et fleuri,
> Pendant de longues années,
> Le chevalier de Mouhy

Ici finit la mystification, qui, racontée par Champcenetz dans plusieurs sociétés, fit longtemps rire aux dépens du bonhomme.

Le chevalier de Mouhy mourut en 1784, à l'âge

de quatre-vingt-trois ans. Il avait un oncle qui faisait des tragédies, le baron de Longepierre.

Depuis longtemps, les tragédies de l'oncle ont été rejoindre les romans du neveu.

FIN.

TABLE DES MATIÈRES.

Les Aveux d'un Pamphlétaire

Pages.

I. Une lettre du tombeau. 5

II. Ma jeunesse. 9

III. Je me fais chef de cabale. 18

IV. Scène de ruelle. 22

V. Avez-vous lu Baruch?. 28

VI. Mes œuvres dramatiques 35

VII. Frétillon. 39

VIII. La Joueuse de guitare. 55

IX. Souper avec la Dubarry. 61

X. Denise. 64

XI. L'Académie de la rue du Chaume. . . 68

XII. Le Rêve. 76

XIII. La Réalité. 80

XIV. Dénûment. 82

Le Chevalier de Mouhy 87

IMPRIMERIE CENTRALE DE NAPOLÉON CHAIX ET C⁰, RUE BERGÈRE, 20.

LIBRAIRIE DE VICTOR LECOU,

10, rue du Bouloi, 10

EN VENTE :

COLLECTION DIAMANT, 1 FR. LE VOLUME,

Nouvelles Guêpes, par Alphonse KARR..... 2 vol.
(Chaque volume se vend séparément.)

Mademoiselle Mimi Pinson, etc. par A.
de MUSSET......................... 1 vol.

Histoire d'un Merle blanc, par A. de MUSSET 1 vol.

**Les Peines de cœur d'une chatte fran-
çaise**, etc., par BALZAC............... 1 vol.

La Marquise, par Georges SAND.......... 1 vol.

Théorie de l'Amour et de la Jalousie,
par STAHL........................... 1 vol.

Les Femmes d'Amérique, par BELLEGAR-
RIGUE............................... 1 vol.

Les Peintres des fêtes galantes, par
Charles BLANC...................... 1 vol.

SOUS PRESSE :

Le Repentir de Marion, par Arsène Hous-
SAYE............................... 1 vol.